巴尔德先生的秘密

［瑞典］雅各布·维葛柳斯 著绘

王梦达 译

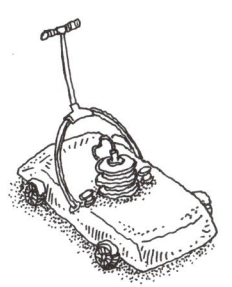

湖南少年儿童出版社·长沙

雅各布·维葛柳斯　　Jakob Wegelius

2020年林格伦奖获得者。两度摘得瑞典文学界最负盛名的奖项——奥古斯特文学奖桂冠。

1966年生于瑞典哥德堡。作家、插画家、设计师，瑞典儿童文学界知名的"多面手"。他常常包揽一本书的文字创作、插画和平面设计。他的插画以细节丰富著称，有一种令人过目不忘的独特美感。作品已被翻译成十几种语言，广受世界各地青少年儿童的欢迎。

其儿童小说《小镇夜行记》在我社出版后入选2022年度央视读书精选上榜图书、"百班千人"47期六年级共读图书，并荣获2023年度冰心儿童图书奖。

这个故事关于一位和善的绅士的小秘密。故事的主人公巴尔德先生住在郊外一座名为巴尔德之家的庄园里,距离奥勒堡市不远。

曾经,巴尔德先生还没有秘密的时候,巴尔德之家是一座宁静祥和的庄园,很少会出现意外或惊喜。

到了下午,巴尔德先生会去花园里散个步。他每次选择的路线都一样:花香最浓郁、坡道最平缓的那条小径。

风和日丽的日子,巴尔德先生会乘船在花园的湖里畅游一番。

感觉孤单的时候,巴尔德先生会去庄园的图书馆里坐一坐。图书馆不大,里面所有的书,巴尔德先生都读过不止一遍。不过他一点儿也不觉得厌倦!恰恰相反,这些书就像他的老朋友一样,那么熟悉和亲切,而且从不会让他失望。

下午五点,巴尔德先生会在庄园的餐厅里吃晚饭。你肯定以为他每天都吃一样的东西,可实际不然。

周一、周三、周五和周日,他吃三文鱼排和鱼子酱,其他几天里,他吃的是牛排,配煮土豆和蘑菇酱。

巴尔德先生是一位优秀的大厨,不管烹饪什么都能变成美味佳肴。

吃过晚饭,巴尔德先生会陶醉在古典音乐之中,然后上床睡觉……

……在梦中憧憬着第二天的幸福生活。

整个星期里,只有星期四,巴尔德先生并不是很期待。

这天,他要修剪庄园花园里的草坪。

说起来,花园并不算大。可相比于小个子的巴尔德先生,草坪似乎广阔得无边无际。

尤其是星期四。

一个普普通通的星期四早晨，巴尔德先生坐在餐桌边，吃着麦片粥补充体力，以迎接修剪草坪的艰巨任务。这时，他读到报纸上的一则广告。

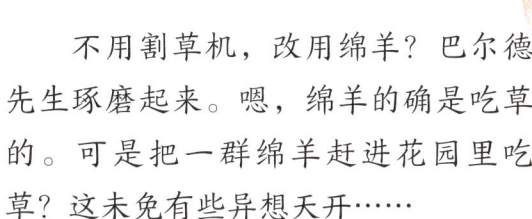

对修剪花园草坪感到头疼？
快找绵羊帮忙！
价格实惠！
现在就打电话订购！
绵羊联盟有限公司 电话：4638

不用割草机，改用绵羊？巴尔德先生琢磨起来。嗯，绵羊的确是吃草的。可是把一群绵羊赶进花园里吃草？这未免有些异想天开……

这个星期四，修剪草坪的任务似乎特别繁重。巴尔德先生推着割草机来来回回走了不知道多少遍，眼前仿佛出现了另一幅画面：自己坐在树荫下喝着果汁，一群温顺的绵羊在周围吃草。到了最后一段下坡路，筋疲力尽的巴尔德先生膝盖一软，跌倒在地，裤腿上沾了好大一块草渍。

他想，说不定还真该请绵羊过来帮忙。

巴尔德先生拿起电话，拨打了绵羊联盟有限公司的号码。

"下午好。我叫巴尔德先生。"他自我介绍说，"我想要咨询一下关于绵羊的事。"

"没问题。"电话那头响起一个声音，"您住在什么地方？"

"我住在一座庄园里，草坪很大。我想……"

"一座庄园！"对方惊呼起来，"那太好了！"

"好是好，"巴尔德先生说，"反正草是不缺。我就是想问问……"

"你家几个房间？"对方打断道，"有彩电吗？"

"没有……"巴尔德先生老老实实地答道，"我不看电视。"

"没关系，"对方说，"那应该也行。能说下地址吗？"

"我住在巴尔德之家。"巴尔德先生说，"可我就想知道……"

"就这么定了，十只上等绵羊一周内抵达巴尔德之家。感谢您的惠顾。再见。"

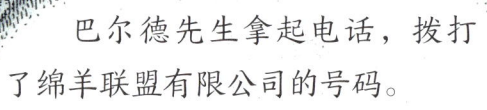

巴尔德先生拿着听筒，愣愣地站在原地，一时有些糊涂。他要打回去和对方澄清误会吗？会不会显得怪怪的？

就在巴尔德先生拿不定主意的时候，新的问题又冒了出来。这些绵羊睡在哪儿？需要定期给它们剪毛吗？他该做哪些准备工作？

唉，真麻烦！

"唉，真麻烦！"巴尔德先生叹了口气，又拨了个号码，这回是给自己的邻居，暴脾气农民鲁拉尔德·格律夫。

鲁拉尔德·格律夫家里没有绵羊，不过他养着一群奶牛。巴尔德先生心想，按理说应该也差不多，倒不如问问他的建议。

"真倒霉。"听说巴尔德先生订购绵羊的消息,鲁拉尔德·格律夫骂骂咧咧起来,"它们肯定会把我的燕麦啃个精光,把我的萝卜踩得稀巴烂。"

"真是太对不起了,"巴尔德先生说,"要不我钉排篱笆?"

"篱笆不是谁想钉就能钉的。这可是个精细活。"鲁拉尔德·格律夫说,"虽然我没空,可还是得我自己来。"

第二天,鲁拉尔德·格律夫开着拖拉机,沿着庄园草坪周围钉了一圈篱笆——不是巴尔德先生想象中那种有白色尖角的漂亮木篱笆,而是连着电路的黄色塑料篱笆。

"万一绵羊撞上去的话,不会很痛吗?"巴尔德先生问。

"非常痛。"鲁拉尔德·格律夫没好气地答道,一边继续钉桩子。

鲁拉尔德·格律夫在草坪的另一边搭了几只雨棚。巴尔德先生提议刷成红色。他说,绵羊看见红色应该会感觉很温馨。

"绵羊不需要感到温馨,"鲁拉尔德·格律夫嘟囔了一句,"雨棚就该是雨棚的样子。"

于是他把雨棚刷成了灰色。

鲁拉尔德·格律夫干完了活,将工具收进拖车,开着拖拉机回到自己的农场。巴尔德先生只能眼巴巴地等着,干着急。

星期一,奥勒堡的流动图书馆到了,送来了巴尔德先生预订的关于绵羊驯养的书。书上说,绵羊是安静而温顺的动物,这让巴尔德先生稍稍安心了些。

这天终于到了。巴尔德先生将新鲜草料放进雨棚,站在篱笆外等着动物运输车的到来……

"你好,我们就是你请来的绵羊。"其中一只绵羊说道,"幸会,幸会!这地方不错,就是稍微偏了点。附近哪儿能找乐子?"

"找乐子……?"巴尔德先生疑惑道。

"对,就是俱乐部、餐厅之类的。这一路折腾,可把我们饿坏了!"

"这样啊,那我带你们去看看草坪……"

"好主意!"绵羊兴奋地叫起来,"大自然中的野餐!喂,你们都听好了!巴尔德先生要带我们去郊游!"

"不是,等等,"巴尔德先生慌忙解释道,"我不是这个意思。我以为你们要去草坪上吃草……"

"这个不用担心,"绵羊好脾气地说,"草坪的事改天再说。现在,我们进去拿只野餐篮。你有冰好的香槟吗?"

这种野餐，巴尔德先生还是第一次见识。

野餐结束后,大家回到庄园。巴尔德先生径直溜进自己的房间。他累得筋疲力尽,完全不知道该如何应付这群奇怪的绵羊。

"我躺床上休息会儿,琢磨琢磨有什么好办法。"巴尔德先生这样想着,没过两分钟,便沉沉睡了过去。

与此同时,绵羊们在屋内大摇大摆参观了起来。巴尔德之家没有泡泡池,没有乒乓球台,甚至没有像样的音响设备。至于图书馆,他们完全看不懂。

"只有一堆旧书!"其中一只绵羊生气地嚷嚷,"图书馆难道不是打桌球的地方吗?"

"可怜的巴尔德先生,"另一只绵羊说,"他的生活肯定无聊透了!他一个人住这么大个地方,连台彩电都没有!我们得想想办法,让他振作起来。"

"有了!"第三只绵羊说,"就这么办……"

巴尔德先生醒来的时候,已经是晚上了。庄园里一点声音都没有。

"我在做梦吗,还是那群绵羊自己出去吃草了?"巴尔德先生满怀希望地想。

巴尔德先生并不是在做梦,那群绵羊也没有出去吃草,而是准备了一场……

……惊喜

鲁拉尔德·格律夫还没睡，他躺在又硬又窄的床上，听着巴尔德之家传来的欢笑声和音乐声，妒忌的感觉越来越强烈。巴尔德先生请了客人？没有什么比别人的欢声笑语更让鲁拉尔德·格律夫心烦。到了放烟花的时候，鲁拉尔德·格律夫终于受够了。他跳上拖拉机，决定去给巴尔德先生一些忠告。

就在鲁拉尔德·格律夫迈进巴尔德之家的那一刻，欢乐的气氛瞬间凝固了。一开始，他什么话都没说，只是站在那里，阴沉着脸，嘴唇煞白。几只搞不清楚状况的绵羊咻咻直笑。

"快请进，格律夫先生，"巴尔德先生小心翼翼地说，"但愿我们没吵到……"

"这儿到底是怎么回事？"鲁拉尔德·格律夫咆哮道，"满客厅的动物！掺了酒精的饮料！真替你害臊！可耻！丢人！"

"开一场小派对也没什么大不了的吧？"一只绵羊反驳道。

"给我闭嘴!"鲁拉尔德·格律夫喝止道,"我和你们这群绵羊没什么可说的!都给我老老实实吃草去!少讨价还价!要是我的奶牛开口胡说八道,看我怎么收拾它们!现在,立刻出去吃草!"

绵羊们谁也不敢反抗。等把它们都赶进塑料篱笆后,鲁拉尔德·格律夫锁上了锁,给电线通上了电。

"要是再发生这种事,我就叫警察来抓你们!尤其是你!"鲁拉尔德·格律夫恶狠狠地丢下一句话,一边伸出骨节粗大的食指,向巴尔德先生指了指。

第二天早上,巴尔德之家恢复了以往的宁静祥和。巴尔德先生收拾了惊喜派对留下的残局,整个庄园又变得井然有序。

巴尔德先生想:"还好鲁拉尔德·格律夫昨晚过来,给它们立了规矩。用不了多久,等绵羊住惯了花园,我的生活也能回到正轨。"

他走进图书馆,拿出自己最喜欢的一本书。有书的陪伴真好……

草坪上，绵羊们正懒洋洋地躺着晒太阳，时不时吃点草，无忧无虑地聊着天。

它们一致认为，惊喜派对虽然仓促收场，但可谓大获成功。可惜，巴尔德先生的邻居实在太扫兴了。

白天的时候，鲁拉尔德·格律夫开着拖拉机，来来回回经过了好多次。他冲绵羊凶巴巴地大吼大叫，反复检查篱笆是否通着电。

谁都看得出，他严重怀疑绵羊打算逃跑。

到了下午，厚厚的乌云笼罩住巴尔德之家。巴尔德先生无所事事地从一个房间溜达到另一个房间，奇怪，今天自己完全提不起读书的兴趣。

角落里，地板上，他还能偶尔找到昨晚惊喜派对留下的气球。这里曾经载歌载舞，热闹非凡。而今天却空荡荡，静悄悄的。巴尔德先生以前从没留意过，自己的庄园原来是这么寂静。

被鲁拉尔德·格律夫赶出去之后，绵羊们今天会做什么呢？巴尔德先生犯起了嘀咕，好奇地向窗外看去。

这时，豆大的雨点噼里啪啦地落了下来。这将是一个潮湿而寒冷的夜晚，绵羊们肯定会哆哆嗦嗦地蜷缩在大树下面，胆战心惊地听着篱笆上的电网嘶嘶作响。

"这样下去不行！"巴尔德先生果断地说了一句，迈着坚定的步子朝厨房走去……

绵羊正在实施自己的逃跑计划。其实它们完全可以从篱笆上跳过去,但地道逃生感觉更刺激!它们从巴尔德先生的工具房里找出铁锹和铲子,轮流进行挖掘。

天色一点点暗了下来,地道也挖好了。绵羊们一只接一只爬了出去,摆脱了篱笆电网的控制。

现在该去哪儿?

"巴尔德先生怎么办?"其中一只绵羊问,"要是发现我们逃跑了,那个暴脾气农民肯定会冲他发火的。"

它们完全没考虑到这个问题。

"我们可以带上巴尔德先生!"另一只绵羊说,"他一个人住这儿怪孤单的。还不如跟我们出去闯荡闯荡呢。"

其他绵羊纷纷点头,于是大家一起返回庄园,打算接巴尔德先生走。这可把巴尔德先生彻底搞蒙了。

"接我走?"他说,"可我还打算去花园里接你们呢。我准备了一场小小的……"

接我走?

巴尔德先生烹饪了三文鱼排和鱼子酱（今天是星期五），绵羊们一只只狼吞虎咽。吃了一整天的草，肚子早就饿瘪了。

吃过晚饭，绵羊们催促巴尔德先生赶紧收拾行李，做好逃跑的准备。

"可我不想逃跑，"巴尔德先生说，"我不喜欢刺激。"

绵羊们不解地看着他。

"我在这儿住惯了。"他解释道。

这时，一只绵羊站起身，高高举起酒杯。

"我们不能丢下你不管！要是没有了我们，你可怎么办？一个人孤零零地住在这里，每天忍受着暴脾气农民和他的篱笆电网吗？你要是不走——我们也不走！"

第二天，巴尔德先生订购了五张高低床，放进庄园的客房。

我们不能丢下你不管！

不过,他们必须格外小心,以免引起鲁拉尔德·格律夫的注意,从而招来警察。

每当听见拖拉机的声响,所有绵羊就会立刻跑进花园,假装低头吃草,直到危机解除。

现在,你知道巴尔德先生的秘密是什么了吧。你得保证不说出去,如果哪天碰见了鲁拉尔德·格律夫,可千万别说漏了嘴。

你肯定会好奇:巴尔德先生的草坪修剪得怎么样了?

绵羊们全包啦!广告里果然没有骗人!

Original title: Herr Balders hemlighet
Text and illustrations © Jakob Wegelius, 2015
Simplified Chinese rights have been negotiated through Chapter Three Culture.
本作品简体中文专有出版权经由 Chapter Three Culture 独家授权。

图书在版编目（CIP）数据

巴尔德先生的秘密 /（瑞典）雅各布·维葛柳斯著绘；王梦达译. -- 长沙：湖南少年儿童出版社, 2024.12
ISBN 978-7-5562-7910-4
Ⅰ. I532.85
中国国家版本馆CIP数据核字第2024F7W916号

巴尔德先生的秘密
BAERDE XIANSHENG DE MIMI

总 策 划：胡隽宓	封面设计：陈 筠
策划编辑：周亚丽 畅 然	内文排版：嘉伟文化
责任编辑：畅 然	质量总监：阳 梅

出 版 人：刘星保
出版发行：湖南少年儿童出版社
地　　址：湖南省长沙市晚报大道89号　　邮　编：410016
电　　话：0731-82196320

经　　销：新华书店
常年法律顾问：湖南崇民律师事务所　柳成柱律师
印　　刷：湖北金港彩印有限公司
开　　本：787 mm × 1092 mm　1/16
印　　张：2.25
版　　次：2024年12月第1版　　印　次：2024年12月第1次印刷
书　　号：ISBN 978-7-5562-7910-4
定　　价：40.00元

版权所有　侵权必究
质量服务承诺：若发现缺页、错页、倒装等印装质量问题，可直接向本社调换。
服务电话：0731-82196345